dd
edd

Tom   Cos

Tomos. Angharad

Cosyn

I SI
sy'r

Argraffiad cyntaf: 2001
Ail argraffiad: 2013

⑩ Hawlfraint Angharad Tomos 2001

Lluniau: Angharad Tomos
Gwaith lliw: Elwyn Ioan

Rhif Llyfr Rhyngwladol: 0 86243 555 2

Cyhoeddwyd ac argraffwyd yng Nghymru
gan Y Lolfa Cyf., Talybont, Ceredigion SY24 5AP
e-bost ylolfa@ylolfa.com
y we www.ylolfa.com
ffôn (01970) 832 304
ffacs 832 782
isdn 832 813

Cosyn

Angharad Tomos

CYFRES
RWDLAN

13

Whîch! Whîch!
Deffrodd y Dewin Doeth yng
nghanol y nos. Roedd sŵn wedi
tarfu arno, sŵn gwichian.
Roedd arno ofn bod ar ei ben ei
hun yn y gwely.

Dyna syndod gafodd y Dewin Dwl
y bore wedyn. Roedd dewin arall yn
cysgu'n drwm wrth droed y gwely!

Draw yn ogof Tan Domen, roedd
Rala Rwdins yn cael brecwast efo
Rwdlan a Mursen y gath.
"Hei! Mae twll yn y dorth!"
meddai Rwdlan.
"O diar, diwrnod pobi fydd hi
heddiw eto. Dos i nôl y blawd,"
meddai Rala Rwdins.

Roedd Rwdlan yn hoffi diwrnod
pobi. Ei hoff arogl oedd bara
newydd ei grasu.
Aeth i nôl sachaid o flawd, ond ni
sylwodd fod twll yn y sach.
Hei, Rwdlan!

"Atishw!"

Cyn pen dim, roedd Mursen yn wyn o'i phen i'w chynffon ac yn tisian dros y lle.

"Mursen druan, mae'n ddrwg gen i," meddai Rwdlan.

13

Ni wyddai Rwdlan beth i'w wneud.
Rala Rwdins gafodd y syniad.
"Dos i Dy'n Twll i ofyn am ragor o
flawd," meddai.
I ffwrdd â Rwdlan ac aeth Mursen
yn gwmni iddi.

Ger Ty'n Twll, gwaeddodd Rwdlan,
"Helô! Oes rhywun gartref?"
Mentrodd agor y drws. Er mawr
syndod iddi, roedd y Dewin Doeth
yn gorwedd ar ei gefn ar y llawr.

"Wâ!" Deffrodd y dewin yn sydyn.
"Mae Mursen wedi troi'n gath wen!"
Nid breuddwyd ydoedd. Roedd
Mursen yn wyn go iawn.
Soniodd Rwdlan am helynt y sachaid
o flawd a oedd wedi ei throi'n gath
wen.

"Pam rydych chi'n cysgu ar y llawr?" holodd Rwdlan.
Eglurodd y Dewin Doeth ei fod wedi clywed sŵn yng nghanol y nos.
"Pa fath o sŵn oedd o?" holodd Rwdlan.
"Sŵn fel hyn," meddai'r Dewin Doeth yn ofnus, *"Whîch! Whîch!"*

Pan aeth Rwdlan i'r Ffatri Fêl i
chwilio am flawd, dyna lle roedd y
Dewin Dwl yn chwilota.
"Helô, Dewin Dwl."
"Helô, Rwdlan. Dyma sachaid o
flawd i ti."

Sylwodd Rwdlan ar y blawd yn llifo
ar y llawr.
"Rwdins Rachub, mae twll yn hwn
hefyd," meddai Rwdlan.
"Hitia befo," meddai'r dewin bach.
"Cosyn sydd wedi bod wrthi, debyg."

"Cosyn? Pwy yw Cosyn?"
holodd Rwdlan.
Yn dawel, eglurodd y Dewin Dwl
fod llygoden fach yn byw yn y ffatri
ac mai Cosyn oedd ei henw.
"Hoffet ti weld ei chartref?"
gofynnodd.

27

Ni fedrai Rwdlan gredu ei llygaid.
Roedd wrth ei bodd yn gweld
gwely Cosyn a chadair Cosyn a'r
sliperi bach, bach wrth droed y
gwely. Cafodd weld popeth ond
Cosyn ei hun. Roedd Cosyn ar goll
a'r Dewin Dwl yn bryderus iawn.

29

"Pa fath o sŵn mae Cosyn yn ei wneud?" holodd Rwdlan.

"Whîch! Whîch!" meddai'r Dewin Dwl yn ei chlust.

"Dyna'r sŵn glywodd y Dewin Doeth neithiwr," meddai Rwdlan.

"Dyw'r Dewin Doeth yn gwybod dim am Cosyn," meddai'r dewin bach.

Yr eiliad honno, roedd y Dewin
Doeth yn ogof Ceridwen, y wrach
ddoeth.

"Ceridwen, pa anifail sy'n gwneud
y sŵn *Whîch! Whîch!*?" holodd.

"Llygoden," atebodd Ceridwen,
a wyddai bob peth. Gwyddai hefyd
mai'r unig beth i gael gwared ar
lygod oedd trap, a rhoddodd
fenthyg un i'r Dewin Doeth.

33

Roedd y Dewin Doeth ar ben ei
ddigon efo'r trap.
"Ho ho," meddai, "dyna ddiwedd
ar ddeffro yn y nos. Byddaf yn
chwyrnu'n braf ar ôl i hwn wneud
ei waith."

Erbyn i Rwdlan a'r Dewin Dwl
gyrraedd Tan Domen, roedd Rala
Rwdins wedi hen flino disgwyl.
"Dyma'r blawd!" meddai Rwdlan.
Agorodd y sach, a beth neidiodd
allan ohono ond llygoden!

Neidiodd Rala Rwdins ar ben cadair
a dechrau sgrechian nerth ei phen.
"Llygod Llangadog! Gwnewch
rywbeth, da chi!" gwaeddodd, yn
ei dagrau.
Cas beth Rala Rwdins oedd llygod.

39

"Cosyn! Dacw hi Cosyn!" meddai'r
Dewin Dwl, wedi cynhyrfu'n lân.
Bu'r ddau fach yn rhedeg rownd a
rownd y gadair yn ceisio ei dal.
Doedd neb balchach na Rala
Rwdins pan gafodd y dewin bach
afael ar y llygoden.

Cyn iddi gael rhagor o hwyl, gafaelodd y Dewin Dwl yn sownd yn Cosyn a mynd â hi yn ôl adref. Pan gyrhaeddodd Ty'n Twll, safodd yn stond. Roedd y sŵn rhyfeddaf yn dod oddi yno – sŵn gweiddi a chrio ac ochneidio mawr.

43

Wel wir, y Dewin Doeth oedd yno yn dawnsio. Ni welodd y Dewin Dwl ddawns debyg iddi erioed o'r blaen. Roedd y Dewin Doeth yn neidio ar un goes yn ei unfan, a thrap yn sownd wrth fawd ei droed. Ni wnaeth y dewin bach unrhyw ymdrech i'w helpu.

Rhoddodd Cosyn yn ei gwely,
a dyna falch oedd hi o gael bod yn
ôl yn ei chornel fechan.

"Hen beth cas ydi trap," meddai'r
Dewin Dwl wrth iddo edrych ar y
llygoden fach yn swatio.

Cytunodd Cosyn yn frwd.

"*Whîch! Whîch!*" meddai, cyn cau
ei llygaid yn sownd.

Cyfres Rwdlan!

Efallai'r gyfres fwyaf llwyddiannus
i blant bach yn Gymraeg erioed!

*Am restr gyflawn o'n holl gyhoeddiadau,
anfonwch yn awr am gopi RHAD AC AM DDIM
o'n catalog lliw llawn!*

www.ylolfa.com